Eudore Baldou

Comment reconnaître un composé de matière animale et de préparation de zinc. Quelle est la structure des ongles?

Quels sont les symptômes, la marche et le traitement de l'inflammation des parties molles qui entourent l'œil? Des symptômes du choléra-morbus sporadique. Thèse soutenue à la Faculté de Médecine de Montpellier, le 23 juin 1838, pour obtenir le grade de docteur en médecine.

outlook

Eudore Baldou

Comment reconnaître un composé de matière animale et de préparation de zinc. Quelle est la structure des ongles?

Quels sont les symptômes, la marche et le traitement de l'inflammation des parties molles qui entourent l'œil? Des symptômes du choléra-morbus sporadique. Thèse soutenue à la Faculté de Médecine de Montpellier, le 23 juin 1838, pour obtenir le grade de docteur en médecine.

Réimpression inchangée de l'édition originale de 1838.

1ère édition 2024 | ISBN: 978-3-38509-512-0

Verlag (Éditeur): Outlook Verlag GmbH, Zeilweg 44, 60439 Frankfurt, Deutschland
Vertretungsberechtigt (Représentant autorisé): E. Roepke, Zeilweg 44, 60439 Frankfurt, Deutschland
Druck (Imprimerie): Libri Plureos GmbH, Friedensallee 273, 22763 Hamburg, Deutschland

COMMENT RECONNAITRE UN COMPOSÉ DE MATIÈRE
ANIMALE ET DE PRÉPARATION DE ZINC ?

QUELLE EST LA STRUCTURE DES ONGLES ?

QUELS SONT LES SYMPTOMES , LA MARCHE
ET LE TRAITEMENT DE L'INFLAMMATION DES PARTIES
MOLLES QUI ENTOURENT L'OEIL ?

DES SYMPTOMES DU CHOLÉRA-MORBUS SPORADIQUE.

THÈSE

SOUTENUE A LA FACULTÉ DE MÉDECINE DE MONTPELLIER ,

LE 23 JUIN 1838 ;

PAR **Eudore BALDOU** ,

de Montpellier (Hérault) ;

MEMBRE TITULAIRE DU CERCLE MÉDICAL DE CETTE VILLE ;

POUR OBTENIR LE GRADE DE DOCTEUR EN MÉDECINE.

> La vérité ne peut sortir que de l'observation ;
> et cependant l'observation donne naissance à
> beaucoup d'erreurs, parce que nos moyens d'ob-
> server sont encore bien faibles.

MONTPELLIER ,

Imprimerie de Veuve RICARD, née GRAND, place d'Encivade.

1838.

PREMIÈRE QUESTION.

SCIENCES ACCESSOIRES.

Comment reconnaître un composé de matière animale et de préparation de zinc?

HISTOIRE DU ZINC.

Propriétés physiques. — Le zinc est un métal solide, d'un blanc bleuâtre, d'une structure lamelleuse, cristallisé. Sa pesanteur spécifique est de 7,1.

Propriétés chimiques. — Le zinc, mis dans dix ou douze fois son poids d'eau, à laquelle on ajoute quelques gouttes d'acide sulfurique, dégage du gaz hydrogène et se transforme en sulfate de zinc. Si on le brûle seul, il répand une flamme vive, jaune verdâtre. Il se forme de l'oxide de zinc qui se répand dans l'atmosphère et s'y condense en flocons très-légers, d'un beau blanc, que les alchimistes nommaient fleurs de zinc, *nihil album, lana philosophica.*

Dans ce dernier temps, on a essayé de se servir

du zinc pour faire des ustensiles destinés à la préparation des aliments, et à contenir des liquides.

MM. Vauquelin et Deyeux ont démontré que ce métal est facilement altérable, même par l'eau ; que si, dans un vase de zinc, on met des sucs végétaux acides, tels que ceux de citron, oseille, etc., il se combine ave eux et forme des sels. Si l'on y fait bouillir du beurre, le vase perd son poli ; il a même été percé dans une expérience.

M. Orfila dit que, comme quelques-uns de ces composés jouissent de propriétés émétiques et purgatives, il est bon de remplacer ce métal par ceux dont les effets sur l'économie animale ne peuvent être redoutés. MM. Deveaux et Dejaer prétendent que ces composés, administrés même à une dose assez forte, n'ont produit aucun effet appréciable. Malgré cela, je suis d'avis qu'il faut s'en tenir au conseil donné par M. Orfila.

De tous les composés de zinc, le sulfate est sans contredit celui qui a le plus d'action sur l'économie, et le seul qui soit cité comme ayant causé l'empoisonnement.

Caractères du sulfate de zinc. — Il est sous la forme de masses blanches, grenues comme du sucre, d'une saveur styptique, soluble dans l'eau. Dissous dans l'eau, il rougit la teinture de tournesol. Cette solution, mélangée avec la gélatine, est décomposée ; il se forme de légers flocons d'un blanc jaunâtre.

L'albumine fait naître un dépôt blanc ; la bile de

l'homme, versée dans cette dissolution, en précipite quelques flocons d'une couleur jaunâtre.

Action du sulfate de zinc sur l'économie animale. — Il résulte des expériences de M. Orfila, que trois onces de sulfate ne donnent point la mort à un chien, à moins qu'on lui lie l'œsophage après le lui avoir fait avaler. Smith ayant appliqué deux gros de sulfate de zinc sur le tissu cellulaire dénudé de la cuisse d'un chien, la mort est arrivée le sixième jour.

Les symptômes morbides le plus généralement provoqués par ce sel, sont un sentiment de strangulation, des nausées, des vomissements et des déjections fréquentes; des douleurs dans tout l'abdomen; un spasme général avec difficulté de respirer; accélération du pouls, pâleur du visage, froideur des extrémités son action paraît se porter sur le système nerveux; on trouve rarement des traces de désordre local; il paraît que c'est à tort que Devergie dit qu'il détermine l'inflammation des parties avec lesquelles il est en contact.

Traitement de l'empoisonnement par le sulfate de zinc. —Ce sel étant essentiellement émétique, on s'attachera à favoriser les vomissements en donnant au malade une grande quantité d'eau tiède et de boissons adoucissantes, surtout du lait. Orfila conseille de le préférer aux substances alcalines, sans doute parce qu'on ne peut pas mesurer exactement la quantité nécessaire de ces dernières; et puis le lait, par son mélange avec le sel, provoque des effets chimiques puisqu'il s'aigrit. Les lavements émollients, les saignées générales ou locales, les opiacés, conviennent suivant la nature des symptômes que présentent les malades. Pour reconnaître la présence du sulfate de zinc dans la matière des vomissements et celle contenue dans le tube digestif, M. Orfila conseille de réduire le sulfate de zinc à l'état métallique. Cette réduction, suivant le professeur de chimie, difficile à opérer, a toujours lieu en faisant rougir dans un creuset, fortement et pendant long-temps, les masses évaporées, desséchées et mêlées avec la potasse caustique; celle-ci précipite un oxide de zinc blanc verdâtre, et cet oxide, lavé, desséché et calciné avec du charbon, est revivifié, pourvu que la température soit très-élevée.

M. Eusèbe de Salles dit qu'il vaut mieux dissoudre la matière animale par l'acide hydrochlorique; on reprend ensuite le métal par l'acide nitrique, on le précipite par l'évaporation, et on en régénère le métal par la calcination avec potasse et charbon. Cette opération, d'après lui, est plus courte que l'incinération c'est à peu près le procédé employé par M. Devergie.

DEUXIÈME QUESTION.

ANATOMIE ET PHYSIOLOGIE.

———

Quelle est la structure des ongles ?

L'ongle est un corps dur, en forme de lame trans-
parente, élastique, placé à l'extrémité des doigts,
recouvrant et dépassant la dernière phalange du côté
de l'extension.

L'ongle commence à paraître vers le milieu de
l'âge fœtal.

Chez l'homme, par sa forme, l'ongle ne peut
qu'aider l'action de toucher et celle de saisir, en
prêtant à la pulpe des doigts une plus grande solidité.
Chez certains animaux, sa situation à l'extrémité la
plus déclive du corps, sa masse compacte et unie
leur prêtent un point d'appui solide pour la dé-
ambulation, en même temps qu'elles les garantissent
du choc des corps sur lesquels ils marchent. Chez
d'autres, la forme crochue et la pointe acérée de
leurs ongles leur donnent la faculté de saisir et de
déchirer leur proie ou bien les ennemis qui vou-
draient les attaquer.

L'ongle, dans son état normal, se compose de trois parties distinctes 1° la portion postérieure est cachée par le derme, qui forme un pli dont il occupe le fond ; 2° la partie moyenne, qui est libre seulement par sa face externe ; 3° la portion antérieure, qui est libre des deux faces et terminée par un bord convexe et tranchant.

La portion postérieure de l'ongle, qui en est à peu près la sixième, est blanche, et non diaphane ; elle est recouverte d'un prolongement du derme. Ce prolongement dermoïde se trouve entre deux lames de l'épiderme, qui, après avoir recouvert sa face externe, se prolonge un quart de ligne au-delà de son bord, et se réfléchit sur lui-même, formant par l'accolement de ses deux lames un filet mince saillant et collé à la face convexe de l'ongle.

L'épiderme se continue en tapissant la face interne du prolongement dermoïde ; et légèrement collé à l'ongle, il se termine au bord mince de celui-ci, avec lequel il se continue, d'après Bichat ; tandis que, d'après Béclard, il tapisse la face convexe de l'ongle entier. Il n'est pas facile de décider laquelle de ces deux opinions est la plus fondée ; car, s'il existe une pellicule lisse couvrant cette face convexe, rien ne prouve que cette pellicule soit, par sa nature, identique à l'épiderme.

La portion moyenne est, comme la première, appliquée, par son bord concave, sur le derme pulpeux qui recouvre la dernière phalange. Sa face externe est libre, excepté sur ses côtés, où elle est recouverte par un prolongement du derme, qui se continue avec celui que nous avons vu recouvrir la portion postérieure, et qui lui est collé par le même repli épidermoïde.

La couleur blanche et opaque de la portion postérieure se continue sur cette partie, en formant ce qu'on appelle la lunule. La face concave est fixée en avant par l'épiderme. Celui-ci, après avoir tapissé l'extrémité du doigt et être arrivé à l'endroit où l'ongle cesse d'être libre, se détache du derme et vient lui adhérer le long d'une ligne courbe.

La portion libre a une longueur indéterminée, car elle dépend du soin qu'on met à les couper et du frottement qui l'use ; on l'a trouvée d'une longueur considérable chez des personnes qui avaient vécu pendant long-temps à l'état sauvage dans les forêts.

Bichat et Béclard disent que l'épiderme, après s'être fixé, comme nous l'avons vu, à l'endroit de la face concave qui sépare la portion moyenne de la portion libre, forme la lame interne de celle-ci. Je crois, d'après ce que j'ai vu, que l'épiderme ne se prolonge pas au-delà du point où il s'attache à l'ongle ; cette partie libre de la face concave de l'ongle est en tout semblable à celle de la portion moyenne.

L'ongle se compose de couches qui semblent superposées les unes aux autres comme les ardoises qui couvrent les maisons. Si l'on fait, avec un bistouri, une incision à la face convexe de l'ongle, mais sans le traverser complètement, et que l'on tire à soi la partie postérieure de l'ongle divisé, on la déchire dans le sens de son épaisseur, de maniere que la division va en se rapprochant de la face concave, et que le lambeau postérieur recouvrant l'antérieur, se sépare de lui à une distance d'autant plus grande du bord libre que l'incision en est moins rapprochée. Si l'on fait la même opération sur la face concave, la déchirure se fait dans un sens inverse, c'est-à-dire en se rapprochant du bord antérieur.

Cette disposition des lames semble contredire cette opinion de Béclard, que l'ongle est sécrété par le derme spongieux qui le sépare de la dernière phalange. Je crois que l'ongle se forme au-dessous du prolongement de la peau qui recouvre sa portion postérieure. Quelques faits pathologiques viennent à l'appui de mon opinion. Si, par un accident, la moitié antérieure de l'ongle est enlevée, le derme mis à nu se recouvre seulement d'une légère pellicule semblable aux cicatrices, et reste dans cet état jusqu'à ce que la partie restante de l'ongle, poussée d'arrière en avant, le recouvre comme faisait la partie enlevée. Malgaigne dit que, dans l'extirpation de l'ongle rentré dans les chairs, on peut se contenter d'enlever la partie postérieure, et que l'antérieure se détache et tombe d'elle-même; tandis que, si on néglige d'enlever la plus petite partie de la première portion, l'ongle se reproduit et le mal aussi.

L'ongle, à sa face concave, est marqué de sillons

longitudinaux qui sont quelquefois apparents à sa face convexe ; ces sillons logent les papilles du derme qui forment des saillies disposées dans le même sens.

C'est sans doute cette configuration qui avait fait croire à Blancardi et autres que les ongles étaient formés de cheveux agglutinés. M. de Blainville est aussi de cet avis suivant lui, les ongles sont formés de cheveux agglutinés les uns aux autres, dès leur sortie des cryptes phanères qui les sécrètent, et leur forme dépend de la disposition de ces phanères. (Principes d'anat. comp.)

Leurs propriétés chimiques, suivant Béclard, sont celles de l'albumine coagulée mêlée avec un peu de phosphate de chaux.

Les ongles commencent à paraître vers le milieu de l'âge fœtal.

Il est curieux de lire dans Hippocrate la formation première des ongles.

« La terre, dit-il, après un long temps, étant desséchée, il s'y forma de la moisissure, comme nous voyons qu'il en vient aux habits. Et après beaucoup de temps encore, tout ce qu'il y avait de gras et de très-peu humide dans cette moisissure provenant de la terre s'étant enfin brûlé, il se forma les os. »

Il passe ensuite en revue la formation des autres parties du corps, et arrivant aux ongles, il dit

« *Ex hoc ipso autem glutinoso* (la partie glutineuse ou visqueuse de la moisissure) *ungues producti sunt. Quod enim in eo maximè est humidum, ab ossibus et*

*articulis semper in ungues foras secedit, et à calore
exsiccatum glutinosum redditur.* » (*De carnibus seu
principiis liber.*)

On voit, par tout ce chapitre du Père de la médecine, combien, même avec un grand génie, quand
on sort du champ de l'observation pour entrer dans
l'atmosphère nébuleuse des théories faites *à priori*,
combien, dis-je, on s'expose à se faire traiter de rê-
veur par nos descendants.

On sent aussi combien est vrai pour les sciences
ce que Baglivi disait avec tant de vérité pour la
médecine :

« *Opiniones medicorum falso præconceptæ, impedi-
menta præcipium medicæ praxeos.* »

TROISIÈME QUESTION.

SCIENCES CHIRURGICALES.

———

Quels sont les symptômes , la marche et le traitement de l'inflammation des parties molles qui entourent l'œil ?

Les parties molles qui entourent l'œil , sont en avant , les paupières supérieure et inférieure , *tutamina oculi* , voiles de l'œil.

Elles présentent dans leur épaisseur , de dehors en dedans la peau , une lame de tissus cellulaire lâche , le muscle orbiculaire des paupières , un ligament palpébral , le releveur de la paupière et son expansion aponévrotique à la paupière supérieure , un cartilage tarse , les glandes de Meibomius , les cils au bord libre , une couche de tissu cellulaire , et la membrane muqueuse ou conjonctive. Cette dernière membrane s'enfonce très-peu dans l'orbite , elle se réfléchit sur l'œil et tapisse à peu près son tiers antérieur. Au côté interne , elle forme un repli , repli semi-lunaire ou membrane clignotante , très-peu développé chez l'homme , mais très-considérable chez les oiseaux ,

puisqu'il leur forme une troisième paupière. Derrière
cette membrane sont disséminés des cryptes muqueux
qui, se trouvant réunis en plus grand nombre derrière le repli semi-lunaire, forment la caroncule lacrymale.

Derrière la conjonctive réfléchie, l'œil se trouve
entouré de muscles qui lui donnent le mouvement,
de tissu adipeux, mou et demi-fluide, qui remplit
tous les vides et le sépare des parois de l'orbite. Au
côté externe et en haut se trouve la glande lacrymale.
que quelques auteurs ont crue simple, tandis que
d'autres en reconnaissent deux, d'après Galien l'une
supérieure et postérieure, l'autre inférieure et antérieure, et collées ensemble, l'une par son bord postérieur, l'autre par son bord antérieur. Les larmes
sécrétées par elles sont versées sur la face interne des
paupières par des canaux qui s'ouvrent vers l'angle
externe de l'œil.

L'inflammation peut attaquer l'ensemble de toutes
ces parties, ou bien quelques-unes d'elles séparément.

Je commencerai par l'étudier dans la peau des paupières, leur tissu cellulaire, les glandes, la conjonctive, ainsi de suite de dehors en dedans, et puis
nous la verrons attaquant l'ensemble ou du moins le
plus grand nombre de ces parties.

Je n'étudierai que l'inflammation simple aiguë et
chronique; si je parle de l'inflammation qui recon-
naît pour cause une affection interne spécifique, ce
ne sera que par quelques mots et en passant.

L'inflammation de ces diverses parties variant suivant ses symptômes, sa marche et ses effets, son traitement varie de même. Je parlerai de celui-ci à mesure
que je parlerai de chaque espèce, pour ne point revenir
sur les choses déjà dites et éviter ainsi les répétitions.

INFLAMMATION DE LA PEAU DES PAUPIÈRES.

Cette inflammation peut avoir pour cause une affection générale de l'individu ; diverses teignes peuvent
s'étendre jusqu'à la paupière supérieure, surtout les
deux espèces nommées faveuse et muqueuse par Ali-
bert. Les paupières sont encore le siége de dartres.
Dans ces deux cas, le traitement est général, l'inflammation n'étant que secondaire.

Cette inflammation peut être symptomatique de l'état
d'un autre organe, par exemple, dans l'érysipèle de
la face reconnaissant pour cause un embarras gastrique   ici le traitement doit s'adresser à l'affection
première.

Quelle que soit la cause de l'inflammation érysi-
pélateuse des paupières, la peau est lisse, distendue,
tuméfiée ; les paupières sont rapprochées l'une de
l'autre, et l'inflammation, si elle est intense, se propage à toute l'épaisseur des paupières, dont les bords
sont collés par une matière épaisse, sécrétée par les
glandes de Meibomius.

L'inflammation purement locale et par cause externe
peut être produite par l'action de la chaleur, d'un

corps tranchant, piquant, contondant, etc. Lorsqu'elle est bornée, on se contente d'employer des topiques, d'abord émollients, auxquels on associe ensuite les résolutifs ; mais si elle s'étend ou menace
de s'étendre plus profondément, elle doit être combattue par les antiphlogistiques le plus activement
possible, à cause du danger qu'il y a qu'elle ne se
propage au cerveau. Petit cite, entre autres exem-
ples, le cas suivant

Un soldat se rendit à l'hôpital huit jours après avoir
reçu un coup d'épée qui lui avait déchiré la paupière inférieure de l'œil droit. L'inflammation se pro-
pagea à tout le globe de l'œil, au tissu cellulaire
de la cavité de l'orbite, et l'œil fut chassé hors de
cette cavité. Le malade avait senti, dès les premiers
jours, de la céphalalgie du côté du coup, et ne pouvait mouvoir son bras gauche. Des observations pré-
cédentes firent soupçonner à Petit que quelque inflammation commençait à se former dans le cerveau ; il
fit pratiquer sept saignées, et vit la céphalalgie et
la paralysie diminuer à mesure que le sang était tiré
au dehors.

Il est à remarquer que les rayons solaires qui,
par leur action directe, produisent souvent l'érythème
de la face, épargnent le plus souvent les paupières,
soit parce qu'elles sont ombragées par les sourcils,
soit plutôt parce que leur face interne est toujours
rafraîchie par les larmes qui augmentent en quantité
par l'action irritante de ces mêmes rayons.

Si l'inflammation est suivie de suppuration et d'ulcération, la formation des cicatrices doit être surveillée
par le chirurgien. Elles peuvent occasionner, surtout
après une brûlure, le renversement des paupières,
l'ectropion.

Si l'ulcération s'étend jusqu'au bord libre des paupières, il faut empêcher leur réunion, qui aurait lieu
inévitablement si l'on n'y prenait garde. Pour cela il
faut couvrir ces bords d'un corps gras, tel, par
exemple, que le cérat saturnisé, qui, en outre qu'il
s'oppose à leur contact immédiat, provoque aussi leur
dessication et leur cicatrisation.

INFLAMMATION DU TISSU CELLULAIRE.

Je considérerai le tissu cellulaire suivant qu'il con-
court à la contexture des paupières où il est lâche
et dépourvu de graisse, et suivant qu'il entoure l'œil
à sa face interne ou postérieure ; là ses aréoles contiennent beaucoup de tissu adipeux.

Le tissu cellulaire lâche des paupières se trouvant
enflammé, devient le siége d'infiltrations considéra-
bles ; aussi les coups portés sur la base de l'orbite,
et dans lesquels ce tissu se trouve compromis, sont-
ils suivis d'un gonflement considérable, accompagné
d'une couleur d'un violet noir très-marqué. Mais le
gonflement des paupières n'est pas toujours le signe
de l'inflammation de l'une de leurs parties ; ainsi,
dans quelques cas, il est produit par l'infiltration de

3

proche en proche du sang qui provient de quelque
partie voisine contuse ou fracturée.

Dans le premier cas, il faut employer les antiphlogistiques et les résolutifs ; dans le second cas,
seulement les résolutifs.

Une inflammation phlegmoneuse attaque souvent
le tissu cellulaire des paupières, et apparaît le plus
ordinairement sous la conjonctive, au bord libre
on l'appelle *orgeolet* (1).

Il commence par un point dur qui gêne et irrite
l'œil par le clignotement fréquent des paupières. La
petite tumeur se montre sous une forme oblongue,
est d'un rouge brun, avec chaleur, douleur plus ou
moins vive, et quelquefois fièvre et insomnie chez les
personnes qui sont délicates et très-sensibles. Bientôt
on voit à son sommet un point blanc qui indique un
commencement de suppuration. Si l'on presse la tumeur, il en sort un pus séreux et clair ; l'ouverture
se referme, et souvent un nouveau point blanc ne
tarde pas à se montrer ; enfin, lorsque le tissu cel-

_____

(1) Dugès et Scarpa considèrent aussi l'orgeolet comme
une inflammation furonculeuse de l'œil.

Mais le professeur de Pavie dit que le furoncle est
une inflammation de la peau se propageant au tissu cellulaire sous-jacent.

Dugès était d'avis que les choses se passent dans un
sens contraire, et l'expérience de tous les jours prouve
en faveur de l'opinion du professeur de Montpellier.

lulaire désorganisé est entièrement détaché, la tumeur s'ouvre spontanément, le bourbillon est chassé
au dehors, et la guérison s'ensuit.

Quelquefois l'orgeolet parcourt ses périodes très-
vite ; d'autres fois il dure très-long-temps sans gêner
beaucoup, ou bien il se dissipe et revient ensuite.

Il est quelquefois symptomatique : Boyer dit qu'on
voit des femmes chez qui le temps de leurs règles
est annoncé par un ou plusieurs orgeolets.

Lorsque l'orgeolet commence, on conseille d'en
essayer la résolution au moyen de topiques répercus-
sifs, et surtout le froid. Mais si l'inflammation est
avancée, il faut faire usage des émollients. On bassine
l'œil avec l'eau de guimauve, etc., ou mieux on le
couvrira de cataplasmes. On conseille de laisser l'inflammation parcourir tranquillement sa marche, et
de ne se servir de la lancette que dans le cas où le
bourbillon mettrait trop de temps à sortir. Lorsqu'une
portion de tissu cellulaire blanchâtre reste au fond
de la plaie et l'empêche de se fermer, on la touche
avec le nitrate d'argent.

Quant à l'inflammation du tissu cellulaire graisseux
qui entoure l'œil, elle survient lorsqu'un corps étranger
pénètre profondément dans l'orbite, ou bien par con-
tinuité de tissus. Lorsque les paupières et la conjonctive en sont affectées, on doit, dans tous les cas,
la combattre activement par les évacuations sanguines.
Nous en avons déjà démontré les dangers dans l'observation rapportée.

INFLAMMATION DES TISSUS GLANDULEUX.

On ne connaît pas de cas d'inflammation affectant primitivement la glande lacrymale. Mais une chose certaine, c'est qu'elle ne reste pas étrangère à cette affection lorsque les parties environnantes en sont atteintes ; l'abondance des larmes dans les diverses ophthalmies prouve qu'elle n'est pas à l'abri de l'irritation. Elle a été trouvée squirrheuse avec les autres parties de l'œil. Guérin dit avoir fait l'extirpation d'une glande lacrymale squirrheuse. M. Lallemand, dans son dernier service à l'hôpital S'-Éloi, a fait l'extirpation de toutes les parties contenues dans l'orbite, et qui toutes étaient cancéreuses ainsi que les paupières.

Ces tumeurs de la caroncule, auxquelles on a donné le nom d'*encanthis*, sont-elles la suite d'une inflammation de cet organe ? Je n'ai aucun fait qui puisse l'affirmer : les auteurs n'en parlent pas, cependant je serais porté à le croire ; ces tumeurs sont tantôt de nature squirrheuse, tantôt ce sont de simples fongosités ressemblant en tout à la nature fongueuse des membranes muqueuses atteintes d'inflammation chronique chez les individus d'un tempérament lymphatique et scrofuleux. Leur thérapeutique est la même ; on emploie les astringents, les résolutifs et les poudres légèrement cathérétiques.

Les glandes de Meibomius sont enflammées comme

toutes les autres parties des paupières. Cette inflammation passant à l'état chronique, produit ce qu'on appelle *flux palpébral*. La conjonctive, dans ses parties qui recouvrent ces glandes, est alors plus rouge que dans l'état sain, veloutée ; le bord libre des paupières est sensiblement tuméfié ; les petites glandes elles-mêmes sont gonflées ; elles sécrètent un fluide blanc, épais, puriforme, qui s'écoule en partie sur les cils qu'il agglutine, en partie dans le sac lacrymal. Scarpa considère cette maladie comme la cause ordinaire de la tumeur et de la fistule lacrymale je crois, au contraire, avec Maître-Jean et Velpeau, que le célèbre chirurgien italien se trompe, car, dans le plus grand nombre de cas, l'inflammation attaque en même temps et les paupières et les voies lacrymales, sans qu'on puisse désigner son point de départ.

Velpeau dit que c'est surtout dans les ophthalmies dépendantes de l'affection de ces petits organes, que les pommades dessicatives du-Régent et de Dessault paraissent avoir produit d'heureux résultats.

INFLAMMATION DE LA CONJONCTIVE (*ophthalmie externe de Dugès*).

Les auteurs ont donné beaucoup de divisions de l'ophthalmie. Je conserverai pour mon travail la division en aiguë et chronique.

OPHTHALMIE AIGUË.

L'ophthalmie aiguë est légère ou grave ; mais les
auteurs n'ont pas été d'accord pour savoir où s'ar-
rêtait l'une, où commençait l'autre. Certains symptômes ont été attribués à la première par les uns, à
la seconde par les autres ; pour moi, j'appellerai
ophthalmie aiguë légère l'inflammation bornée à la
conjonctive seule, et l'ophthalmie grave sera celle où
l'inflammation s'étendra à d'autres parties.

Causes de l'ophthalmie. — Elles sont à peu près
les mêmes pour les deux espèces.

Ces causes sont : la présence de tout corps étranger
en contact avec la muqueuse qu'il irrite ; des grains
de sable apportés par le vent ; les contusions ; les
plaies ; la fumée et les vapeurs irritantes ; la lecture
de nuit prolongée ; l'exposition à une lumière vive ;
les rayons lumineux réfléchis par la neige dans les
pays septentrionaux ou bien par le sable des pays
chauds ; la déviation des cils ; la présence du ptérygion , comme je l'ai remarqué chez un homme qui
est dans ce moment à l'hôpital, et que je connais
depuis long-temps. Méry dit aussi avoir vu deux fois
l'ophthalmie occasionnée par le passage du cristallin
de la chambre postérieure dans la chambre antérieure.
Les causes internes sont   la suppression de la trans-
piration, d'une hémorrhagie naturelle ou habituelle ;
la répercussion d'un exanthème, une diathèse, etc.

Les symptômes de l'ophthalmie légère (*taraxis*
d'Hippocrate , *lipitudo* dé Celse) sont rougeur de
la conjonctive, chaleur incommode avec picotement
et prurit douloureux, sensation comme celle que ferait éprouver la présence de grains de gravier qui
irriteraient continuellement la conjonctive. Certains
endroits de cette membrane sont plus tuméfiés que
les autres. Les mouvements de la paupière et du globe
de l'œil augmentent la douleur ; une lumière vive
produit le même effet ; les larmes versées sur la conjonctive en plus grande abondance , par l'irritation
qui se communique à la glande lacrymale , sont encore absorbées (ophthalmie sèche), ou bien s'écoulent
au dehors (ophthalmie humide), suivant que la conjonctive tuméfiée rétrécit plus ou moins l'ouverture
des points lacrymaux. Le matin, au réveil, les paupières sont collées ensemble par la chassie. Rarement
à ces symptômes locaux se joignent des symptômes
généraux, tels que la chaleur de la peau , l'élévation
du pouls, une fièvre légère. Chez quelques sujets ,
l'inflammation, à mesure qu'elle disparaît d'un côté,
apparaît à l'autre.

Le traitement (1) de l'inflammation légère de la conjonctive consiste à faire des lotions fréquentes pendant

---

(1) Hippocrate a écrit : *oculorum dolores meri potio , aut
balneum, aut fomentum, aut venæ sectio, aut medicamentum
purgans exhibitum solvit.* Aphorismes 31 , sect. VI, et 46,
sect. VII.

le jour avec une décoction de racines de guimauve,
ou à couvrir l'œil de cataplasmes émollients; il faut
soustraire l'œil à l'action de la lumière; on prescrira
des pédiluves simples; on tiendra le ventre libre à
l'aide de doux laxatifs, ou bien on aura recours aux
émétiques, s'il y a des symptômes d'embarras gastrique. Si la suppression de quelque hémorrhagie habituelle a précédé l'ophthalmie, on doit appliquer des
sangsues près des endroits où elle avait lieu.

La rougeur persiste souvent après la cessation de
la douleur (1); les émollients, loin d'être utiles, ne
pourraient plus qu'être nuisibles; il faut leur sub-
stituer des solutions astringentes d'acétate de plomb
ou de sulfate de zinc, qu'on mêle à l'eau distillée de
rose ou de plantain.

C'est à la continuation de l'emploi des remèdes qui
ont combattu la période d'inflammation, qu'est dû
souvent le passage de l'ophthalmie à l'état chronique,
ainsi que sa durée interminable. C'est ici surtout qu'on
peut appliquer ce qu'écrivait Hoffmann « ausim di-

---

(1) *Egli è, a mio credere, della massima importanza, per
buon governo di codesta malattià, il sapere che l'acuta ottalmia
veramente infiammatoria, anco trattata coi più efficaci soccorsi
dell'arte, quasi mai si risolve così completamente, che, oltre
certo periodo e cessata del tutto l'infiammazione, non rimanga
nella congiuntiva e nelle parti ad essa adjacenti, alcun poco di
cronica ottalmia per debolezza locale.* Scarpa, *delle malattie
degli occhi.*

*cere , plures , visu privari ex imperitiâ applicandi
topico , quam ex ipsâ morbi vi et magnitudine.* »

L'ophthalmie aiguë grave (*chemosis*) est caracté-
risée par les mêmes symptômes ; seulement ils sont
portés à un plus haut degré ; la chaleur est plus intense , la rougeur plus foncée , la douleur plus vive,
et le gonflement de la conjonctive plus considérable.
Dans quelques cas même , cette membrane est tellement tuméfiée , que l'enfoncement circulaire qui cor-
respond à la cornée semble un trou pratiqué dans le
centre de l'œil. Le tissu de la conjonctive est très-
mou ; les fonctions de l'œil sont plus troublées que
dans le cas précédent ; le moindre rayon de lumière
occasionne des douleurs excessives ; les paupières se
rapprochent en se contractant avec force. La partie
mince de conjonctive qui tapisse le devant de la cornée
participant à l'inflammation , l'œil ne distingue qu'im-
parfaitement les objets, et souvent ils paraissent rou-
ges. La sécrétion des larmes est d'abord augmentée,
puis suspendue , parce que l'inflammation qui se
communique à la glande lacrymale l'empêche de rem-
plir sa fonction. Les larmes qui coulent sur les joues
tracent des sillons et occasionnent des excoriations.
Les cils sont collés ensemble par une humeur épaisse.

A ces symptômes locaux viennent se joindre des
douleurs de tête très-fortes , surtout à la nuque ; la
sensibilité du malade est très-exaltée ; le pouls est
dur , plein , accéléré ; il y a fièvre plus ou moins intense. Quelquefois s'ajoutent des nausées , des vomissements, l'embarras gastrique.   4

Cet état aigu dure de cinq à sept jours, après quoi les symptômes s'affaissent, diminuent, et la rougeur seule reste.

Le traitement est à peu près le même que celui que nous avons déjà décrit ; seulement il doit être plus actif et plus énergique ; il faut surtout insister sur les antiphlogistiques généraux et locaux ; appliquer de huit à seize sangsues autour de l'orbite, faire des saignées, surtout aux pieds, pour opérer une révulsion. Ces moyens sont surtout commandés lorsqu'il y a suppression d'une hémorrhagie naturelle viennent ensuite les résolutifs et les vésicatoires à la nuque. Ceux-ci ne doivent être employés qu'après que les symptômes aigus ont disparu. C'est aussi l'avis de Scarpa et d'Hoffmann.

Scarpa recommande aussi, dans la seconde période, la teinture thébaïque de la pharmacopée de Londres. On en met deux fois par jour deux gouttes entre les paupières d'abord le malade sent à l'œil une ardeur très-forte qui se dissipe bientôt, et le lendemain matin un mieux sensible s'est opéré ; on continue jusqu'à parfaite guérison. Le vin amer ferait sans doute le même effet.

Léveillé conseille, lorsque le dégorgement de la conjonctive n'est pas assez prompt, d'exciser, avec des ciseaux courbes sur leur plat, une portion circulaire de cette membrane dans son point d'union avec la circonférence de la cornée. On en vient ensuite aux vésicatoires à la nuque qu'il faut bien se

garder d'employer dans la période d'acuité. Il faut,
le soir, frotter le bord des paupières avec du cérat,
pour les empêcher de s'agglutiner pendant la nuit.

Quelquefois l'inflammation se termine par un suin-
tement de mucus puriforme, *ophthalmie phlegmoneuse.*
C'est surtout, d'après Scarpa , lorsqu'on n'a pas
assez mis en usage les antiphlogistiques.

Dans ce cas, comme dans tous ceux où la conjonctive est ulcérée sur ses deux lames correspon-
dantes , le malade se trouve exposé à un accident
dont les auteurs ont peu parlé l'adhérence de ces
deux lames et l'occlusion des paupières. Celles-ci
peuvent adhérer seulement entre elles par leurs bords
libres , ou bien adhérer à l'œil par un ou plusieurs
points de leurs surfaces en contact. Je crois que le premier cas est rare , surtout si l'occlusion date de long-
temps. Le chirurgien ne doit pas s'en laisser imposer
par la mobilité dont jouit l'œil en dedans des paupières. Elle tient à la laxité du tissu cellulaire qui
unit la conjonctive , soit au globe de l'œil , soit à
la paupière , et à l'extensibilité de la membrane elle-
même.

J'ai vu , à l'hôpital, deux militaires venant d'A-
frique , ayant les paupières adhérentes l'une à l'autre
à la suite de la petite vérole. Ces adhérences furent
occasionnées sans doute par l'ulcération des pustules
qui s'étaient développées sur la conjonctive. Chez
les deux sujets , les yeux étaient mobiles sous les
paupières , et l'adhérence des bords complète. On

espéra, surtout pour l'un d'eux qui pouvait distinguer la lumière de l'obscurité, on espéra leur rendre la vue. L'opération fut tentée les deux paupières séparées par une incision pratiquée entre les deux cartilages tarses, on s'aperçut que de nombreuses adhérences existaient entre la conjonctive des paupières et celle du globe de l'œil. Tout espoir de guérir les malades fut perdu. L'insuccès de Petit, dans un cas pareil, apprenait que rien ne pouvait s'opposer au rétablissement des adhérences détruites (1).

D'après le savant et à jamais regrettable professeur Dugès, l'ophthalmie peut être endémique; elle règne avec ce caractère en Égypte, où elle peut avoir pour cause la fraîcheur des nuits, la réverbération des

_____

(1) A propos de cette tendance inévitable qu'ont à se réunir deux surfaces dénudées, et qu'on ne peut éloigner complètement l'une de l'autre, je proposerai à mes juges un moyen dont aucun chirurgien, que je sache, n'a parlé, et que je n'ai jamais vu mettre en usage : ce serait de cautériser l'une des deux surfaces. Avant que les escarres fussent tombées, l'autre surface aurait eu le temps de se cicatriser. On pourrait répéter la cautérisation de la première, jusqu'à ce que la cicatrice de la seconde fût consolidée; de plus, on peut unir ce moyen à ceux déjà mis en usage. Le vice de la cautérisation appliquée sur les deux surfaces, c'est que les escarres étant tombées, la plaie se trouve dans les mêmes conditions qu'auparavant. Au reste, l'expérience seule peut juger de la valeur du procédé.

rayons du soleil sur le sable, ou la présence de principes salins dans l'air. D'après lui, elle peut être aussi
épidémique. Elle est alors contagieuse aussi, si l'on
lave la figure d'un enfant avec un linge qui a servi
à un enfant malade d'ophthalmie, le premier en est
affecté.

Les auteurs ont distingué l'ophthalmie puriforme
des enfants, et l'ophthalmie blennorrhagique qui succède à une blennorrhagie de l'urètre, ou qui provient du contact du virus blennorrhagique avec la
conjonctive.

Les enfants à la mamelle sont quelquefois atteints d'ophthalmie appelée puriforme qui parcourt
très-vite ses périodes, et qui ne mérite son nom
que parce que la période de suppuration arrive plus
souvent, et que l'inflammation attaque plus profondément le tissu cellulaire sous-jacent à la conjonctive en effet, les symptômes qui apparaissent d'abord, sont un gonflement considérable des
paupières, qui quelquefois ne peuvent être écartées l'une de l'autre que très-difficilement. La conjonctive est rouge et fongueuse, et tellement tuméfiée, que quelquefois la paupière se renverse au
dehors. Cet état aigu dure généralement peu de jours.
Une mucosité puriforme de plus en plus abondante
suinte à travers la conjonctive, et se mêle à la matière sécrétée par les glandes de Meibomius. La fièvre,
l'insomnie, des convulsions, des cris continuels, parfois la diarrhée, les vomissements, accompagnent la

première période. Si l'affection n'est pas combattue, la cornée participe au mal , se gonfle et devient opaque ; il faut prévenir ces complications par les évacuations sanguines , soit générales, soit locales , par le moyen de sangsues appliquées aux tempes ou derrière les oreilles ; on lavera les paupières avec le lait de la nourrice, ou avec de l'eau mucilagineuse ; et si l'œil peut les supporter , on le couvrira de cataplasmes émollients. On pourra opérer une légère dérivation au moyen d'un purgatif doux. Dans la seconde période , on se servira des collyres astringents et des vésicatoires ; on empêchera les paupières de s'agglutiner au moyen du cérat saturnisé.

DE L'OPHTHALMIE AIGÜË BLENNORRHAGIQUE.

Cette ophthalmie est semblable à l'ophthalmie puriforme des enfants quant à ce qui est de l'intensité de l'inflammation , de l'abondance des mucosités puriformes qui découlent de l'œil , et de la promptitude avec laquelle cet organe se détruit ; mais elle en diffère essentiellement quant à la cause qui la produit.

Cette maladie , comme nous l'avons dit , peut naître de deux manières ; d'abord elle peut être la conséquence de la suppression subite d'une blennorrhagie urétrale violente , quoique cependant toute suppression d'écoulement urétral ne soit pas suivie

d'ophthalmie. Secondement elle peut être occasionnée
par le contact du virus transporté par inadvertence
des parties génitales à l'œil. De plus, il n'y aurait
rien d'étonnant qu'une cause d'irritation agissant sur
les yeux ne provoquât une dérivation, et que l'inflammation cessât à l'urètre au moment où elle se
déclare à la conjonctive.

Lorsque l'ophthalmie succède à la disparition subite et imprévue de la gonorrhée (laquelle disparition a ordinairement pour cause des fatigues excessives, l'abus des boissons spiritueuses, l'exposition
à un air très-froid pendant long-temps, des injections âcres et astringentes faites dans le canal, etc.),
elle s'accompagne du gonflement de la conjonctive
plutôt que des paupières. Bientôt se déclare un écoulement abondant et continu de matière jaune verdâtre
semblable à celle qui s'écoule de l'urètre, et qui a
paru à Chaussier pouvoir faire naître par le contact
une ophthalmie semblable chez une personne saine.
Une fièvre intense avec chaleur ardente, douleur
aiguë des yeux et de la tête, l'irritation par le moindre rayon lumineux   tels sont les symptômes de la
maladie. Bientôt se présente dans la chambre antérieure un commencement d'hypopion.

Dans le second cas, alors que le virus a été transporté aux yeux du malade, soit que celui-ci les ait
frottés avec ses doigts ou bien avec des linges im-
prégnés de ce même virus, soit que quelques gouttes
d'urine aient rejailli vers ces organes (Boyer), les

symptômes sont les mêmes; seulement ils n'ont pas
la même intensité.

La plupart des médecins sont d'avis que, dans le
premier cas, il s'opère une véritable métastase, de
l'urètre à l'œil, de la matière blennorrhagique. Cette
théorie ne paraît pas satisfaisante à quelques autres.
Scarpa est de l'avis de ces derniers, à part cela,
dit-il, que l'ophthalmie ne succède pas toujours à
la suppression de la gonorrhée; cet accident peut
être regardé comme rare, eu égard au grand nombre
de cas de suppression subite du flux urétral. En second
lieu, on n'a jamais vu la syphilis constitutionnelle
succéder à la prétendue métastase. En troisième lieu,
l'ophthalmie, avec des circonstances telles qu'on ne
peut douter que le virus blennorrhagique n'en soit la
cause, ne menace jamais l'organe de la vue d'une destruction aussi prompte que l'ophthalmie dite par métastase. Le même auteur pense qu'on se rapprocherait
peut-être plus de la vérité en regardant ces accidents
comme l'effet d'une sympathie étroite entre les yeux et
l'urètre. Mais les raisons qu'il en donne ne sont pas
du tout satisfaisantes.

Quelle qu'en soit la cause, la première indication
sera d'arrêter la violence de l'inflammation, afin d'ob-
vier à la destruction de l'œil et à l'opacité de la cornée. On prescrira les évacuations sanguines générales et locales; on fera la rescision de la conjonctive
comme dans le chemosis. Scarpa fait une différence
entre les scarifications et l'excision, et préfère ces

dernières. Je ne vois, dans ces deux opérations, qu'un moyen plus direct de dégorger la conjonctive, et je crois qu'entre elles deux le choix est assez indifférent.

A l'intérieur, on emploiera les laxatifs, les adoucissants, les tempérants, les bains tièdes généraux, ou au moins les pédiluves, les vésicatoires à la nuque ; le malade restera au lit la tête élevée ; on fera sur les yeux de fréquentes fomentations émollientes ; le chirurgien injectera trois fois par jour de l'eau de mauve entre l'œil et les paupières. En outre, Scarpa et beaucoup d'autres commandent d'appliquer plusieurs fois par jour des cataplasmes sur le périnée, de faire des injections d'huile chaude dans le canal de l'urètre (Boyer), d'introduire dans ce canal de petites bougies (Scarpa), afin de rappeler le flux urétral.

La période d'inflammation passée, ce que le chirurgien reconnaîtra à la cessation des douleurs, la tuméfaction de la conjonctive et l'écoulement continuent. On emploiera le collyre de Sarpa, fait avec un grain de sublimé corrosif dissous dans dix onces d'eau distillée de plantain, que l'on injectera toutes les deux heures au-dessous des paupières ; et si le remède irrite un peu trop, on y ajoutera un mucilage. Il est entendu que ce ne sera que tout autant qu'on ne fera pas la rescision de la conjonctive ; car, dans ce cas, il faut s'abstenir de l'emploi de tout irritant.

Le traitement de l'ophthalmie par inoculation directe est le même, seulement il n'est pas besoin de rappeler le flux urétral ; les topiques, d'après Scarpa, devront être plutôt solides que liquides : on se servira de l'onguent mercuriel ou de la pommade de Janin. Boyer conseille de faire subir un traitement mercuriel complet.

DE L'OPHTHALMIE CHRONIQUE.

Si les causes que nous avons énumérées à l'occasion de l'ophthalmie aiguë persistent ; si l'individu reste soumis à leur influence, l'inflammation se continue aussi, et passe à l'état chronique. Les diverses diathèses scorbutique, cancéreuse, syphilitique, scrofuleuse, surtout la dernière, entretiennent souvent cet état. Les lectures assidues de nuit, l'habitation dans des lieux humides et bas, dans des régions couvertes de neige ou brûlées par la chaleur ; le ptérygion, les varices de la partie de conjonctive qui tapisse la sclérotique, le trichiasis, telles sont les causes auxquelles il faut le plus souvent attribuer cette affection. Elle peut aussi succéder à la petite vérole et à la rougeole.

Lorsque ces causes exercent une action légère et continue, et dont les effets vont s'accumulant les uns aux autres, la maladie devient chronique sans que la période d'acuité se soit fait beaucoup remarquer ; et c'est de cette manière que s'établissent la plupart des ophthalmies chroniques. Il est plus rare qu'elles succèdent à une inflammation vive et aiguë. Le malade, dans ce dernier cas, souffrant beaucoup et se

trouvant incapable de se livrer à une occupation quelconque, est obligé de se soigner, et d'éviter ainsi la
prolongation de la maladie ; ce qui n'arrive pas dans
le premier cas, où l'inflammation étant légère et sup-
portable, n'empêche pas le malade de se livrer à ses
occupations ordinaires. C'est ce qui a fait dire à plusieurs auteurs que l'ophthalmie est primitivement
chronique ; ce que je ne conçois pas.

Tandis que l'ophthalmie aiguë a son siége plus
particulièrement sur la partie de conjonctive qui tapisse le globe oculaire, l'ophthalmie chronique occupe la partie qui tapisse le bord libre des paupières.

Les symptômes de cette ophthalmie sont : une douleur souvent lourde, mais exaspérée par la moindre
cause, par l'impression passagère de la lumière, par
un écart de régime ; l'usage des liqueurs alcooliques,
la fatigue de la marche, les excès en tout genre,
enfin tout ce qui peut attaquer l'organisation. Suivant
cette loi d'après laquelle une partie, un organe étant
malade, si une cause quelconque vient affecter l'or-
ganisme entier, les effets de cette cause tendent toujours à se localiser sur l'endroit souffrant. La chaleur
n'est que passagère, et accompagne les exacerbations.
La rougeur s'étend à la face interne des paupières
et à leur bord libre, où elle est visible. Les glandes
de Meibomius sécrètent un mucus épais et abondant
qui colle les paupières. Presque toujours le bord libre
est tuméfié. Quelquefois la conjonctive est tellement
gonflée, qu'elle forme un bourrelet qui oblige la pau-

pière à se recoquiller en dehors. L'œil peut supporter la lumière, mais pas trop long-temps, et ses fonctions ne sont pas aussi troublées que dans l'inflammation aiguë; cependant les exacerbations ressemblent en tout à celle-ci. Les autres fonctions de l'économie ne sont pas dérangées, ou bien elles le sont par l'effet de la diathèse, lorsque celle-ci est cause de l'ophthalmie ou l'entretient.

La marche de cette affection est variable on la voit souvent s'exaspérer, soit par cause connue, soit par cause inconnue. Quelquefois on observe dans le retour de ces exacerbations une sorte de régularité. Rarement elle se guérit d'elle-même, quoiqu'on l'ait vue disparaître spontanément après que tous les remèdes avaient échoué.

Si la maladie dure long-temps, il est rare qu'elle n'entraîne quelque lésion consécutive pire que l'ophthalmie elle-même. Ainsi le ptérygion, les varices au-devant de la sclérotique, les taies de la cornée, le nuage, le relâchement de la paupière supérieure (1), quelquefois la perte totale de la vue, plus rarement l'atrophie de l'œil, peuvent en être la suite; et ces affections, après avoir été effets, deviennent causes, et entretiennent l'ophthalmie c'est ce que j'ai eu

_____

(1) *Il prolongamento eccessivo della palpebra superiore è qualche volta, in consequenza di croniche ottalmie.* Scarpa.

occasion de remarquer sur le malade dont j'ai déjà
parlé.

Traitement. — Si les causes de l'ophthalmie tiennent
à la nature du climat, à la position du pays habité
par le malade, il faut qu'il change d'habitation. Si
elle dépend du genre d'occupation, il faut qu'il change
son travail ou bien qu'il le suspende pour quelque
temps. Si elle est entretenue par un corps étranger,
il faut l'extraire. La faiblesse entretient souvent le
mal il faut employer les toniques et les astringents
généraux et locaux. L'ophthalmie est-elle symptomatique d'une autre maladie ? c'est cette dernière
qu'il faut combattre. On doit de même attaquer la
diathèse lorsqu'elle entretient la maladie.

La diathèse sous l'influence de laquelle l'ophthalmie chronique se trouve le plus souvent, est sans
contredit la diathèse scrofuleuse. L'opiniâtreté avec
laquelle la maladie résiste au traitement ordinaire,
l'absence de toute cause externe appréciable, font con-
naître au médecin que cette maladie est entretenue
par une cause interne. La constitution du malade,
les symptômes commémoratifs et ceux qui coexistent
quelquefois avec l'ophthalmie, indiquent la nature de
cette cause, et guident le médecin dans le choix de
sa méthode curative.

L'ophthalmie résiste quelquefois à toute sorte de
traitement ; de plus, les yeux qui en ont été atteints
gardent une prédisposition à la récidive. La prophy-
lactique n'est pas facile à établir ce qui fait du

bien à l'un fait du mal à l'autre. Morgagni se trouvait très-bien de l'eau fraîche ; Fabrice de Hilden la signale comme très-nuisible. Le meilleur guide, dans ces circonstances, est l'étude de la constitution du malade.

QUATRIÈME QUESTION.

SCIENCES MÉDICALES.

Des symptômes du choléra-morbus sporadique.

Étymologie χολη, bile, ρεω, je flue, et *morbus*, maladie. Synonymie en latin, *synochus biliosa*, *febris cholerica*, *cholera-morbus* (Sydenham); *feber biliosa* (Bourquenod, Montp. 1808); fièvre méningo-gastrique (Pinel); gastro-entérite (Broussais); fièvre gastrico-bilieuse (Joseph Frank); Richerand, fièvre bilieuse; italien, *febbre biliosa* (Meli, *sulle febbri biliose*, *Milano*, 1824).

Cette maladie, dit Sydenham (choléra-morbus de l'année 1669), comme je l'ai observé souvent, arrive presque aussi constamment à la fin de l'été et au commencement de l'automne, que les hirondelles au commencement du printemps et le coucou au milieu de l'été.

Meli (1) rapporte que des personnes très-bien por-

---

(1) *Meli, sulle febri biliose.*

tantes étaient attaquées subitement de cette maladie.
Souvent il y a des symptômes avant-coureurs, surtout lorsque la maladie est causée par des excès répétés d'aliments et d'aliments de mauvaise nature.
Alors le malade éprouve du dégoût pour les aliments, crache plus que de coutume, rejette quelquefois une salive amère, est dans un état de langueur physique et morale, et quoiqu'il éprouve de la somnolence, il passe cependant les nuits dans l'insomnie, tourmenté par des songes effrayants et par la constriction de la gorge (1).

Au bout d'un à deux jours, le plus souvent dans l'après-midi, suivant J. Frank, toujours dans la nuit, suivant Sydenham (ouvrage déjà cité), et après avoir éprouvé des bâillements fréquents, le malade est saisi d'un froid plus intense, quelquefois avec tremblement. Vient ensuite une chaleur ardente accompagnée d'inquiétude, d'anxiété et de difficulté de la respiration ; le pouls est tantôt fréquent, plein, dur ; tantôt obscur, intermittent ; tantôt lent et profond. Il y a soif inextinguible, avec désir de boissons acidules. Ceux qui boivent trop éprouvent non-seulement des maux d'estomac, mais encore des défaillances. Il y a ordinairement de grandes douleurs de tête. Les yeux sont inondés de larmes, quelquefois jaunâtres, et deviennent brillants. Les joues sont marquées d'une rougeur

---

(1) Joseph Frank, des fièvres gastrico-bilieuses.

limitée et circonscrite. La peau qui recouvre les ailes du nez et les côtés de la bouche est pâle et d'un jaune verdâtre. Plusieurs malades éprouvent des saignements du nez, surtout du côté droit, tantôt goutte à goutte, tantôt en plus grande abondance (J. Frank). Un grand nombre ont des tremblements de la lèvre inférieure et de la langue (1) ; la bouche est très-amère, l'haleine fétide, la langue recouverte d'un enduit muqueux, blanc, jaune, noirâtre, suivant la gravité du cas ; elle est souvent sèche, raboteuse, du moins dans son milieu, avec des sillons longitudinaux.

Les régions hypogastriques, hypocondriaques, surtout la droite, sont tendues et ne peuvent souvent supporter la moindre pression. Il survient des nausées ; des éructations, des vomituritions, des vomissements. Les matières vomies sont bilieuses, de couleur d'herbe, porracées, noirâtres (2), couleur de lie de vin, et laissant un sentiment d'ardeur à la gorge. Il arrive fréquemment que tout l'abdomen est distendu ; en outre, le malade est tourmenté par des borborygmes, des douleurs vagues dans le ventre, Il y a tantôt constipation, tantôt dévoiement de matières bilieuses, stercorales, très-fétides. Les urines sont jumenteuses, épaisses, jaunes safranées. Plusieurs

---

(1) Suivant Hippocraie, ce dernier signe est le symptôme d'un délire prochain. Coaques 20, des prévisions.

(2) Ce signe est mortel, selon Hippocr. Coaques 74.

ressentent des douleurs aux articulations (1) (Roche).
La peau, tantôt sèche, tantôt baignée de sueur,
se recouvre, soit d'une teinte jaune générale, soit
de taches de la même couleur ; la jaunisse est quelquefois bornée à la face ou aux mains. Meli dit qu'un
malade voyait les objets teints en jaune. Dans quelques cas, la peau se recouvre de petits boutons qui
simulent la rougeole, ou d'urticaire, ou d'érysipèles.
Il en est qui éprouvent un sentiment de formication.

NÉCROSCOPIE.

Les cadavres présentent, à la suite du choléra-
morbus

Une flaccidité extraordinaire, une teinte jaune de
la peau ; le foie est augmenté de volume, d'une couleur tantôt plus pâle, tantôt plus rouge, et d'une
texture tantôt plus flasque, tantôt plus compacte qu'à
l'état normal. Ses conduits et ses vaisseaux sanguins
sont dilatés ; la veine-porte a été trouvée doublée
de volume, ses parois épaissies, en partie ulcérées (2) ;

---

(1) J. Frank leur donne alors le nom de fièvre gastrico-
bilioso-rhumatismale.

(2) *E non-solamente la membrana interna della porta ven-
trale era corrosa in piu luoghi et distrutta, ma si bene, la
fibrosa ulcerata in varii suvi punti.* Meli.

sa tunique interne rugueuse, avec des vestiges de pseudo-membranes, et sa cavité remplie de sanie et de caillots. Les vaisseaux contiennent aussi cette humeur sanieuse (1).

Meli a trouvé une fois ces caillots compactes, ou peut-être dans un commencement d'organisation, et il a cru trouver un polype (2).

Les traces cadavériques varient non-seulement suivant les pays, mais suivant les années où l'on observe cette maladie, et même selon les individus. M. Gravier trouve l'estomac et l'orifice cardiaque offrant des traces profondes de lésions inflammatoires ; la vessie est phlogosée et semblable à un morceau de parchemin. Chauffard a trouvé la rate doublée de volume, tandis que le premier l'a toujours vue à l'état normal.

En général, les traces d'inflammation gastro-intestinale sont d'autant moins prononcées que la mort a suivi de plus près l'invasion de la maladie. Mais des traces constantes d'altération de l'organisation du sang dénotent que les premiers effets de l'affection ont lieu dans ce liquide, si même cette altération ne constitue pas la maladie. Mais je ne puis entrer plus

---

(1) *Erano renduti in parte visibili (i vasi linfatici), per l'umor croceo du cui si trovavano iniettati.* Idem.

(2) *Dissecta venæ portarum systemate, magnâ animi nostri admiratione, alium conspeximus polypùm, qui ipsius venosi systematis vel minimas ramificationes, mirum in modum, comitebat.* Idem.

avant dans cette question ; je sortirais des limites qui m'ont été tracées.

Il y a quelquefois des sueurs colliquatives, des contractions douloureuses dans les bras et les jambes, du froid aux extrémités (Sydenham).

La maladie, moins violente le matin, s'exaspère beaucoup le soir vers le coucher du soleil, et même pendant la nuit ; elle s'accompagne de délire et d'assoupissement ; elle se prolonge ordinairement jusqu'au septième, neuvième et quatorzième jour. Enfin, des sueurs générales, la diarrhée, les vomissements même sanglants, des hémorrhagies internes et externes amènent la fin de la maladie et la mort. D'autres fois les symptômes diminuent peu à peu, et le malade revient à la santé. Hippocrate a remarqué que lorsque les symptômes diminuent avant le septième jour, c'est un signe de prompte guérison.

La plupart du temps le choléra est mortel, n'y ayant aucune maladie, si ce n'est la peste et les fièvres pestilentielles, qui tue en si peu de temps (A. Jault, traducteur et annotateur de Sydenham).

Hippocrate est de cet avis, lorsque, dans son chapitre des prévisions, prenant à part chacun des principaux symptômes que nous venons d'analyser, il les donne comme étant de très-mauvais pronostic. Entre autres choses, il dit : « les fièvres qui proviennent de douleurs aux hypocondres sont de mauvais caractère. » (Coaques, liv. I.)

Le choléra peut terminer heureusement d'autres

maladies. Hippocrate dit *febres lipiryæ, non nisi per choleram, effusa bile, solvuntur.* (Coaques, 126.)

Les maladies avec lesquelles on peut le plus facilement le confondre, sont l'entérite et la dysenterie. Dans celle-ci, la marche n'est pas aussi prompte. Dans la première, il n'y a point de déjections alvines; dans la seconde, elles sont séreuses et sanguinolentes, et faciles à distinguer de celles du choléra-morbus. Surtout il n'y a, ni dans l'une ni dans l'autre, ni vomissements ni crampes (Jeoffroy).

FIN.

FACULTÉ DE MÉDECINE

DE MONTPELLIER.

PROFESSEURS.

MM. CAIZERGUES, Doyen. Clinique médicale.
BROUSSONNET. Clinique médicale.
LORDAT. Physiologie.
DELILE, *Présid.* Botanique.
LALLEMAND. Clinique chirurgicale.
DUPORTAL. Chimie.
DUBRUEIL. Anatomie.
DUGÈS. Path. chir., opérat. et appar.
DELMAS. Accouchements.
GOLFIN. Thérap. et matière médic.
RIBES. Hygiène.
RECH, *Examin.* Pathologie médicale.
SERRE. Clinique chirurgicale.
BÉRARD, *Suppl.* Chim. médic.-générale et Toxicol.
RENÉ. Médecine légale.
RISUEÑO D'AMADOR. Path. et Thér. génér.

PROFESSEUR HONORAIRE.

AUG.-PYR. DE CANDOLLE.

AGRÉGÉS EN EXERCICE.

MM. VIGUIER.	MM. FACES.
KUHNHOLTZ.	BATIGNE, *Examin.*
BERTIN.	POURCHÉ.
BROUSSONNET.	BERTRAND.
TOUCHY.	POUZIN.
DELMAS.	SAISSET, *Suppl.*
VAILHÉ.	ESTOR, *Examin.*
BOURQUENOD.	

La Faculté de Médecine de Montpellier déclare que les opinions émises dans les Dissertations qui lui sont présentées, doivent être considérées comme propres à leurs auteurs; qu'elle n'entend leur donner aucune approbation ni improbation.

SERMENT.

En présence des Maîtres de cette École, de mes chers condisciples et devant l'effigie d'Hippocrate, je promets et je jure, au nom de l'Être Suprême, d'être fidèle aux lois de l'honneur et de la probité dans l'exercice de la Médecine. Je donnerai mes soins gratuits à l'indigent, et n'exigerai jamais un salaire au-dessus de mon travail. Admis dans l'intérieur des maisons, mes yeux ne verront pas ce qui s'y passe ; ma langue taira les secrets qui me seront confiés ; et mon état ne servira pas à corrompre les mœurs, ni à favoriser le crime. Respectueux et reconnaissant envers mes Maîtres, je rendrai à leurs enfants l'instruction que j'ai reçue de leurs pères.

Que les hommes m'accordent leur estime, si je suis fidèle à mes promesses ! Que je sois couvert d'opprobres et méprisé de mes confrères, si j'y manque !